Analyse de l'œuvre

Par Annabelle Falmagne
et Nasim Hamou

Lancelot ou le Chevalier de la charrette

de Chrétien de Troyes

lePetitLittéraire.fr

Analyse de l'œuvre

Par Annabelle Falmagne
et Nasim Hamou

Lancelot ou le Chevalier de la charrette

de Chrétien de Troyes

lePetitLittéraire.fr

Rendez-vous sur lepetitlitteraire.fr et découvrez :

Plus de 1200 analyses
Claires et synthétiques
Téléchargeables en 30 secondes
À imprimer chez soi

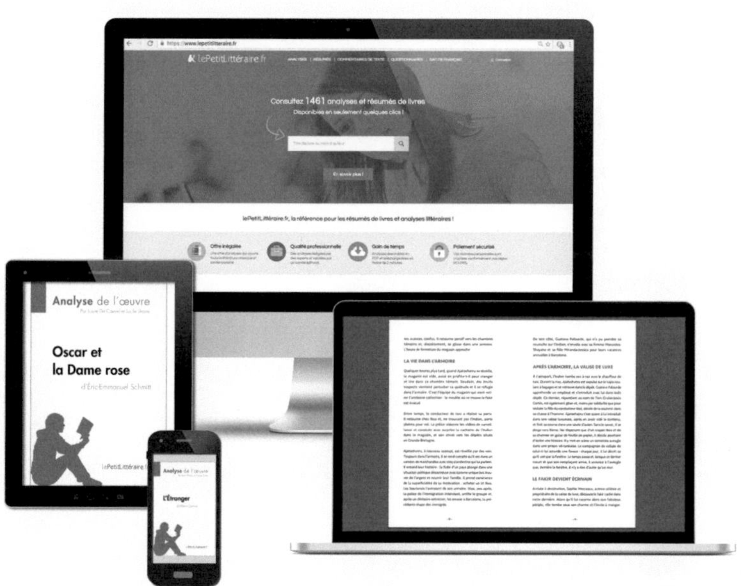

CHRÉTIEN DE TROYES   **1**

LANCELOT OU LE CHEVALIER DE LA CHARRETTE   **2**

RÉSUMÉ   **4**

Épisode I
Épisode II
Épisode III
Épisode IV
Épisode V
Épisode VI
Épisode VII
Épisode VIII
Épisode IX

ÉTUDE DES PERSONNAGES   **10**

Lancelot du Lac
Guenièvre
Gauvain
Méléagant
Bademagu

CLÉS DE LECTURE   **14**

Un des premiers romans
de la littérature française

Un roman proche
du conte merveilleux

Les thématiques du roman

Lancelot, une figure christique

Les représentations de la mort
L'amour courtois
Amour et honneur

PISTES DE RÉFLEXION 26

POUR ALLER PLUS LOIN 29

CHRÉTIEN DE TROYES

CLERC, POÈTE ET ÉCRIVAIN FRANÇAIS

- **Né vers 1135**
- **Décédé vers 1190**
- **Quelques-unes de ses œuvres :**
    - *Yvain ou le Chevalier au lion* (vers 1177), roman
    - *Lancelot ou le Chevalier de la charrette* (vers 1177-1181), roman
    - *Perceval ou le Conte du Graal* (avant 1190), roman inachevé

Né au XIIe siècle, Chrétien de Troyes s'est imposé au fil du temps comme l'une des figures majeures de la littérature médiévale. Clerc de formation, il se met au service de la comtesse Marie de Champagne (1174-1204) avant de s'attacher au comte de Flandre, Philippe d'Alsace (1143-1191).

Il s'illustre en tant qu'auteur de romans : *Érec et Énide* (vers 1170), *Cligès* (vers 1176), *Yvain ou le Chevalier au lion*, *Lancelot ou le Chevalier de la charrette* ou encore *Perceval ou le Conte du Graal*. L'implantation de ces œuvres dans l'univers des chevaliers du roi Arthur sera synonyme de grand succès et contribuera à légitimer le genre du roman, peu exploité auparavant. Il a également adapté des mythes d'Ovide (poète latin, 43 av. J.-C.-17 apr. J.-C.) et composé deux chansons courtoises.

LANCELOT OU LE CHEVALIER DE LA CHARRETTE

LANCELOT AU SECOURS DE GUENIÈVRE

- **Genre :** roman
- **Édition de référence :** *Lancelot ou le Chevalier de la charrette*, édition présentée, annotée et commentée par Évelyne Amon, traduit de l'ancien français par Jean-Jacques Vincensini, Paris, Larousse, coll. « Petits classiques Larousse », 2009, 141 p.
- **1re édition :** vers 1165
- **Thématiques :** chevalerie, roi Arthur, Guenièvre, magie, mythes celtiques, quête, exploits, amour

Lancelot ou le Chevalier de la charrette fut composé vers 1165, lorsque Chrétien de Troyes résidait à la cour de Marie de Champagne. C'est cette dernière qui lui proposa le thème du roman : Lancelot, un chevalier de la Table ronde, part délivrer Guenièvre, l'épouse du roi Arthur, dont il est follement épris. Pour réussir sa quête, il doit affronter de multiples épreuves dont celle de monter dans une charrette (synonyme de déshonneur), ce qui est synonyme de honte et de déshonneur.

Comprenant 7 112 vers écrits en ancien français, *Lancelot ou le Chevalier de la charrette* mélange l'amour courtois et les légendes celtiques. Ce roman maintient le mystère sur son protagoniste en ne dévoilant le nom du héros que vers le milieu du récit. Les 1 000 derniers vers de l'œuvre sont, quant à eux, attribués à Godefroi de Leigni, un poète vivant en Champagne.

RÉSUMÉ

ÉPISODE I

Méléagant, fils du roi Bademagu, a enlevé plusieurs habitants du royaume d'Arthur, dont la reine Guenièvre. Il consent à libérer les prisonniers si un chevalier de la Table ronde le bat en duel. Le sénéchal Keu (en France, un sénéchal était un grand officier qui commandait l'armée et rendait la justice au nom du roi) se propose mais perd le combat.

Deux chevaliers, Lancelot du Lac et Gauvain, prennent alors la route pour libérer Guenièvre. Ne disposant d'aucune monture, Lancelot consent à utiliser une charrette, symbole de déshonneur (à l'époque, les charrettes remplaçaient les piloris, c'est-à-dire les poteaux où étaient exposés les criminels) tandis que Gauvain le suit à cheval.

Les deux chevaliers arrivent dans un château où ils sont agréablement reçus par une jeune fille. Durant la nuit, Lancelot, endormi dans le lit le plus luxueux malgré les recommandations de son hôte, est attaqué par une lance enflammée. Cette épreuve ne le déroute pas, et il se rendort aussitôt après avoir éteint le feu. Le lendemain, il aperçoit depuis sa fenêtre la reine Guenièvre qui s'éloigne avec tout son équipage.

Lancelot et Gauvain tentent de la suivre et rencontrent en route une demoiselle qui leur indique le chemin du royaume de Bademagu : l'entrée se fait soit par le Pont dans l'eau, soit par le Pont de l'épée. Gauvain choisit le premier pont,

Lancelot le second. Sur son trajet, ce dernier doit à nouveau faire face à deux obstacles : affronter un chevalier et refuser les avances d'une demoiselle qui continue tout de même à faire route à ses côtés.

ÉPISODE II

Lancelot et la jeune fille arrivent près d'une fontaine au pied de laquelle ils découvrent le peigne de Guenièvre. Lancelot retire les quelques cheveux qui se trouvent sur l'objet et les place près de son cœur.

En continuant leur chemin, ils sont arrêtés par un prétendant de la jeune fille. Cette dernière ayant réclamé la protection de Lancelot, un duel est prêt à éclater lorsque le père du prétendant surgit et arrête son fils. Lancelot et la jeune fille reprennent ensuite la route, accompagnés du prétendant et de son père.

ÉPISODE III

La petite troupe atteint une église et son cimetière. Parmi les tombes, Lancelot en aperçoit une qui est plus belle et plus grande que les autres. Un moine lui apprend qu'elle est vide et que le défunt qui l'occupera sera celui qui, après avoir réussi à soulever la dalle, aura libéré les prisonniers du royaume de Bademagu. Lancelot soulève sans peine la pierre et refuse de révéler son identité au moine. Les trois compagnons de Lancelot décident de ne pas continuer la route à ses côtés.

Après avoir passé la nuit chez un habitant du royaume

d'Arthur, Lancelot, accompagné des deux fils de son hôte, se dirige vers le Pont de l'épée. En route, il doit affronter un chevalier qui lui barre le passage : l'ayant épargné une première fois, il le décapite durant le second duel afin de satisfaire le vœu d'une jeune fille qui se révèlera être la sœur de Méléagant.

ÉPISODE IV

Lancelot arrive devant le Pont de l'épée qui est en réalité une magnifique épée tranchante comme le verre. Malgré les avertissements de ses deux compagnons, le chevalier de la charrette se déchausse et, au prix de mille douleurs, traverse le pont. De l'autre côté, il aperçoit une tour au sommet de laquelle se trouvent le roi Bademagu et son fils Méléagant. Le roi conseille à son fils de libérer Guenièvre, mais ce dernier refuse catégoriquement. Dans l'attente du duel du lendemain entre Lancelot et Méléagant, Bademagu reçoit le chevalier de la charrette chez lui, en vertu des règles de l'hospitalité.

ÉPISODE V

Le lendemain, Lancelot et Méléagant s'affrontent en duel. Dans un premier temps, Méléagant a le dessus. Une jeune fille crie alors à Lancelot de regarder vers une fenêtre où se trouve la reine. Apercevant cette dernière, les forces reviennent au preux chevalier. Alors qu'il s'apprête à tuer Méléagant, Guenièvre se plie aux supplications de Bademagu et lui demande de l'épargner. Lancelot cesse donc de se battre et reçoit sans broncher les coups de son adversaire. Bademagu rejoint alors son fils et le calme. Méléagant consent à libérer Guenièvre et les habitants du royaume d'Arthur si Lancelot accepte un nouveau duel un an plus tard jour pour jour. Si, au terme de ce duel, Méléagant ressort vainqueur, il pourra emmener Guenièvre.

ÉPISODE VI

Lancelot rencontre la reine qui, par jeu, se montre froide et indifférente. Accablé, le chevalier de la charrette rejoint le sénéchal Keu qui avoue lui en vouloir d'avoir réussi là où lui a échoué. Le lendemain, alors que Lancelot part à la recherche de Gauvain avec quelques compagnons, il est arrêté par des habitants du royaume de Méléagant, qui ignorent le succès de Lancelot durant le duel. Ces habitants ramènent leur captif au château de Bademagu et sont durement châtiés. Durant ce temps-là, une rumeur annonçant la mort de Lancelot arrive aux oreilles de la reine : cette dernière veut se donner la mort. Lancelot apprend ensuite la mort de la reine et est désespéré avant que les deux amants ne se rendent compte qu'il s'agit d'un malentendu.

ÉPISODE VII

Lancelot et Guenièvre se rencontrent à nouveau et décident d'un rendez-vous nocturne dans le château de Bademagu. Durant la nuit, le chevalier de la charrette pénètre en silence – étant donné que le sénéchal Keu se trouve dans la même pièce – dans la chambre de Guenièvre. Mais, en retirant les barreaux de la fenêtre, Lancelot se blesse un doigt. Il passe tout de même le reste de la nuit dans le lit de Guenièvre.

Au matin, Méléagant, qui fouille chaque matin la chambre de Guenièvre, découvre du sang dans les draps de la reine et accuse le sénéchal Keu. La reine proteste et propose Lancelot pour un nouveau duel. Pour la seconde fois, Bademagu arrête son fils. Lancelot part ensuite à la recherche de Gauvain.

ÉPISODE VIII

À proximité du Pont de l'eau, Lancelot est abordé par un nain et le suit. Ce dernier est un serviteur de Méléagant et fait enfermer le chevalier dans une tour durant un an. Pendant ce temps, les compagnons de Lancelot découvrent Gauvain dans la rivière et l'aident à s'en sortir. Tous les chevaliers du royaume de Bademagu recherchent alors vainement Lancelot. La reine, libérée, retourne à la cour d'Arthur.

Un tournoi est organisé. Lancelot, qui brule d'y participer, obtient de la femme de son geôlier (le sénéchal de Méléagant), l'autorisation de participer au tournoi : en échange, il doit revenir dans sa prison dès que la compétition est terminée. Lancelot s'y rend donc incognito, mais se fait reconnaitre par la reine qui lui demande de se battre en laissant son adversaire triompher. Lancelot obéit, confirmant par là même son identité à la reine, et devient la risée du tournoi. Finalement, la reine lui demande de combattre au mieux. Le chevalier fait alors des prouesses qui lui valent l'admiration de tous. Lancelot, toujours anonyme, se retire triomphal. Fidèle à sa parole, il revient à sa prison : pourtant, à la suite de son escapade, ses conditions de détention sont durcies.

Exactement un an après son emprisonnement, Lancelot est

libéré de sa tour grâce à la sœur de Méléagant, la jeune fille qui avait demandé au chevalier de la charrette de couper la tête de son prétendant (épisode III). Méléagant est un tricheur qui ne voulait pas que Lancelot honore le défi. Pourtant, sa sœur sauve Lancelot, car elle lui est redevable d'avoir décapité le chevalier. Il sort donc in extrémis de sa prison et rejoint ensuite rapidement le royaume d'Arthur afin d'éviter le duel entre Méléagant et Gauvain qui le remplace.

ÉPISODE IX

Lancelot arrive à la cour d'Arthur où il est accueilli par des débordements de cris et de joie. Prenant la place de Gauvain, il affronte ensuite Méléagant en duel et en ressort victorieux.

ÉTUDE DES PERSONNAGES

LANCELOT DU LAC

Lancelot est un chevalier de la Table ronde à la cour du roi Arthur qui est follement épris de la reine Guenièvre. Il est considéré par ses contemporains comme le meilleur chevalier du monde. Il présente en effet à la fois un courage chevaleresque et des qualités de courtoisie dont sa piété et son humilité (il parle humblement avec le moine dans le cimetière), sa générosité (il n'hésite pas à procurer son aide à tout le monde) et sa fidélité en amitié (dès qu'il a libéré Guenièvre, il part à la recherche de Gauvain).

Lancelot possède également les caractéristiques d'un preux chevalier : il est courageux (lorsqu'il franchit le Pont de l'épée), il fait preuve de sang-froid (quand il reçoit la lance enflammée) et de force (lorsqu'il soulève la dalle qui recouvre la tombe).

Toutefois, ce personnage renferme une grande complexité. Ainsi affiche-t-il une volonté qui dépasse celle de tous les chevaliers lorsqu'il monte dans la charrette, mais, paradoxalement, fait preuve d'une grande faiblesse dès qu'il s'agit de son amour pour la reine : il est prêt à tomber de son cheval lorsqu'il découvre les quelques mèches de cheveux de Guenièvre sur le peigne.

Lancelot est un chevalier galant, qui se voue à l'amour courtois. Il est entièrement dévoué à Guenièvre, l'élue de son cœur. Selon la tradition, cet amour auquel il se dédie le détourne du Graal dont il n'est plus jugé digne. Lancelot représente l'amoureux transi qui est prêt à tout sacrifier par amour, et est assimilé, dans l'imaginaire collectif, au chevalier servant.

GUENIÈVRE

Guenièvre est l'épouse du roi Arthur. Elle est l'objet de la quête de Lancelot dans ce roman, puisque l'objectif du chevalier est de la libérer.

Guenièvre aime profondément Lancelot. Son amour lui fait parfois commettre des imprudences, notamment lorsqu'elle laisse son amant entrer dans sa chambre. Néanmoins, elle reste réservée : ainsi, lorsqu'Arthur accueille le chevalier de la charrette, elle se tient en retrait afin que personne ne soupçonne sa passion pour Lancelot.

Bien qu'adepte des coutumes de la noblesse, Guenièvre peut quelquefois se révéler imprévisible : au lieu de recevoir Lancelot avec chaleur après son duel avec Méléagant, elle se montre distante et ne daigne même pas lui adresser la parole. Cependant, elle croit toujours en lui : elle le reconnait quand il participe anonymement au tournoi donné alors que tout le monde le croit disparu. Elle aime profondément Lancelot et se donne à lui, prenant le risque de voir son adultère découvert.

GAUVAIN

Gauvain est le neveu du roi Arthur et l'un des chevaliers de la Table ronde. Il part à la recherche de la reine en même temps que Lancelot, mais, contrairement à ce dernier, il n'est pas prêt à toutes les concessions pour la retrouver : il refuse par exemple de se déshonorer en montant dans la charrette. Cela peut s'expliquer par le fait qu'il n'est pas animé par les mêmes motivations que Lancelot pour se lancer dans la quête.

C'est un chevalier accompli qui apparait dans de nombreux autres récits arthuriens, comme *Perceval ou le Conte du Graal* de Chrétien de Troyes ou *Le Lai de Lanval* de Marie de France (poétesse française, 1154-1189). Il est le chevalier exemplaire et porte fréquemment Excalibur, l'épée légendaire d'Arthur.

Il représente malgré tout un modèle d'homme qui fait souvent pâle figure face au héros du roman dans lequel il apparait. Gauvain fait en effet office de faire-valoir : bien qu'il soit un chevalier exemplaire, d'autres chevaliers de la Table ronde s'illustrent davantage, soulignant par la même l'exceptionnalité de ces derniers. Sa valeur n'est jamais remise en cause : ainsi accentue-t-il le mérite des héros qu'il côtoie dont les qualités ressortent encore plus.

MÉLÉAGANT

Méléagant est le fils du roi Bademagu. Il est l'élément déclencheur de l'histoire : il a enlevé de nombreux habitants du royaume d'Arthur, dont la reine Guenièvre. Il possède une très grande force physique et s'avère être maléfique. En effet, il n'hésite pas à provoquer Lancelot en duel à plusieurs reprises et à l'enfermer dans une tour. Seul son père arrive à le raisonner durant un court instant.

Contrairement à Lancelot, Méléagant manque totalement d'honneur et de courtoisie : il soupçonne la reine d'avoir un amant (lorsqu'il fouille sa chambre) puis l'accuse ouvertement de s'être donné à un autre homme que son mari et n'éprouve aucun remords à frapper Lancelot, même si celui-ci ne se défend pas. Il finit tué en duel par Lancelot qui lui est supérieur en tous points.

BADEMAGU

Bademagu est le souverain du royaume de Gorre. Il tente d'atténuer les actes violents de son fils. Bien que ce dernier ne lui ressemble pas du tout, le lien qui l'unit à son fils est très fort et le force à demander à Lancelot de l'épargner lorsque Méléagant perd son premier duel.

Profondément généreux, il fait preuve d'une très grande courtoisie à l'égard de Guenièvre et de respect vis-à-vis de tous les prisonniers.

CLÉS DE LECTURE

UN DES PREMIERS ROMANS DE LA LITTÉRATURE FRANÇAISE

Les œuvres de Chrétien de Troyes constituent les premiers romans de la littérature française. Le roman médiéval, tel que l'a conçu Chrétien de Troyes, présente différentes caractéristiques qui le différencient du roman que l'on connait aujourd'hui :

- chaque ligne est un vers composé de huit syllabes, nommé octosyllabe ;
- on constate la présence de rimes regroupées deux par deux (aa/bb/cc), ce qui peut s'expliquer par le fait qu'au Moyen Âge, les histoires étaient destinées à être transmises oralement. L'utilisation des rimes permettait donc aux troubadours de mémoriser plus facilement le récit (rimes mnémotechniques) ;
- la narration est continue et non divisée en strophes.

Chrétien de Troyes avait aussi l'habitude de truffer ses récits de rebondissements afin de soutenir l'attention du lecteur qui, à cette époque, était habitué aux histoires racontées oralement. Ainsi, parmi les procédés littéraires qu'utilise l'auteur pour construire son récit, on trouve :

- **une organisation rigoureuse** :
  - l'histoire, qui se déroule en un an, débute et se termine à la cour d'Arthur ;
  - le récit se construit en trois grands actes :

* la situation initiale qui indique que Guenièvre a été enlevée et qu'il faut la retrouver ;
* les péripéties au cours desquelles de nombreux obstacles s'opposent à la quête de Lancelot, qui les surmonte ;
* le dénouement, lors duquel la quête est réussie et donne lieu à un *happy end* ;

- **des épisodes qui s'enchainent rapidement et attisent l'intérêt du lecteur** : rencontres, combats, épreuves ;
- **une intrigue amoureuse à rebondissements** : notamment lorsque Guenièvre ne veut pas adresser la parole à Lancelot ;
- **un mélange de plusieurs registres** : le réalisme (durant les duels), le merveilleux (par exemple, la présence des nains), le pathétique (lorsque Guenièvre se lamente en croyant à la mort de son amant) et un certain aspect moralisateur (« comme le vilain le dit à juste titre, il est bien difficile de trouver un véritable ami », épisode VIII) ;
- **la vivacité des interventions du narrateur** : Chrétien de Troyes prend les lecteurs comme témoin. Il veut lui expliquer son choix d'aborder certains thèmes et exagère certaines situations en usant d'hyperboles et ainsi frapper son esprit, dans la tradition de l'exagération qui caractérise le registre épique (par exemple lorsque Lancelot donna « mille » baisers aux cheveux de la reine).

UN ROMAN PROCHE DU CONTE MERVEILLEUX

De nombreux éléments dans ce roman sont mystérieux et caractéristiques des contes merveilleux :

- le nom de Lancelot n'est dévoilé au lecteur que vers le milieu du récit (épisode V) ;
- l'absence de repères spatiotemporels ne permet pas de dater les évènements du récit, ni de situer physiquement les royaumes de Logres et de Gorre ;
- les personnages que Lancelot rencontre sur son chemin sont anonymes et présentent de curieuses caractéristiques : des nains, de jeunes filles déterminées, un moine plein de sagesse, etc., qui ne sont que des silhouettes ;
- certains obstacles relèvent de la magie : l'épée grâce à laquelle Lancelot rejoint le royaume de Gorre, ou la lance enflammée qu'il reçoit sur son lit ;
- dans le cimetière, de nombreuses tombes sont vides, mais elles présentent déjà les noms de leurs futurs occupants.

À travers ces éléments obscurs, le lecteur perçoit les mythes celtiques (« matière de Bretagne ») qui servent de fondement aux légendes portant sur la cour du roi Arthur. Ces données merveilleuses permettent également à l'auteur de procurer à son récit de la profondeur ainsi qu'un suspense qui tient le lecteur en alerte et le rend impatient de connaitre la suite de l'histoire.

LA MATIÈRE DE BRETAGNE

La matière de Bretagne (ou « cycle arthurien ») porte, comme son nom l'indique, sur les mythes et légendes de la Grande-Bretagne (Angleterre) et de la petite Bretagne (région de la France actuelle), principalement sur les aventures du roi Arthur et des chevaliers de la Table ronde. Dans la légende qui entoure la cour du roi

Arthur (qui aurait vécu aux alentours du Ve-VIe siècle apr. J.-C.), on rapporte l'existence d'une table ronde autour de laquelle se réunissaient régulièrement tous les chevaliers au service du roi. Ces derniers avaient pour mission d'assurer la paix du royaume et de mener la quête du Graal, une coupe dans laquelle Jésus aurait versé le vin durant la dernière cène. La matière de Bretagne s'oppose à la matière de France, autrement dit la matière carolingienne, et à la matière de Rome, la matière latine. Apparue vers le Xe siècle, la matière de Bretagne se développe à la cour d'Henri II Plantagenêt (roi d'Angleterre, 1519-1559), ce dernier voulant opposer ses propres légendes aux histoires glorifiant le royaume de France et Charlemagne. Chrétien de Troyes contribua considérablement à la diffusion de ces légendes grâce à ses romans.

LES THÉMATIQUES DU ROMAN

Toutes les œuvres de Chrétien de Troyes sont structurées de la même façon, et *Lancelot ou le Chevalier de la charrette* n'échappe pas à la règle. On distingue ainsi :

- **la quête :** le héros se lance tout d'abord dans une quête qu'il mènera avec succès en réalisant de nombreux exploits. Dans le cas de Lancelot, il s'agit de libérer la reine Guenièvre et de la ramener dans le royaume d'Arthur ;
- **le caractère merveilleux de certains éléments :** dans le cimetière, Lancelot découvre des tombes vides qui portent déjà le nom de leur futur occupant, phénomène

relevant du surnaturel ;

- **l'amour pour une dame :** Lancelot est éperdument amoureux de Guenièvre ;
- **le défaut de vaillance :** Lancelot n'est pas totalement infaillible. Ainsi, lors de son premier duel avec Méléagant, le chevalier n'a pas le dessus jusqu'à ce qu'il aperçoive Guenièvre ; il se fait également berner par un nain et demeure enfermé durant un an dans une tour ;
- **les prouesses :** Lancelot accomplit beaucoup d'exploits tout au long du roman (il monte dans la charrette malgré l'humiliation que cela représente, il traverse le Pont de l'épée, etc.) ;
- **le retour à la maison :** après s'être échappé de la tour, Lancelot retourne dans le royaume d'Arthur et vainc son ennemi lors du duel final.

LANCELOT, UNE FIGURE CHRISTIQUE

Lancelot ou le Chevalier de la charrette étant un roman médiéval, il est pétri de références religieuses, la chrétienté étant le principal moteur culturel du Moyen Âge. Les chevaliers étaient d'ailleurs les défenseurs de la religion chrétienne. Aussi, n'est-il pas étonnant de voir dans Lancelot des ressemblances avec Jésus-Christ :

- **Lancelot est le héros de l'histoire et garant du bien, dont la quête est celle d'un sauvetage**. Il s'oppose en cela à Méléagant. Ce dernier est décrit comme l'orgueilleux et cruel fils d'un homme bon. On peut donc voir en lui l'image de Lucifer, et en Bademagu, celle de Dieu. Dieu a créé Lucifer, tout comme Bademagu est le père de Méléagant. Méléagant/Lucifer est en rébellion contre son créateur Bademagu/Dieu et se pose en ennemi du sauveur, Lancelot/Jésus. L'enjeu de la lutte est Guenièvre que l'on peut alors imaginer comme une représentation de l'âme humaine qui se retrouve dans l'autre monde, l'au-delà, contrairement à Arthur qui représente le corps humain, lourd et lié à sa terre qu'il ne quitte pas. En effet, Guenièvre « s'élève » en se faisant enlever et sort de son carcan. Elle est l'âme qui va au paradis. Ainsi, si le royaume de Gorre représente le royaume des morts, alors l'enlèvement de Guenièvre représente le moment où l'âme « monte au ciel ». Par ailleurs, son enlèvement a lieu le jour de l'ascension ;

- **certains épisodes de l'aventure de Lancelot renvoient à la passion du Christ**. Ainsi, l'épisode de la charrette se substitue à la croix que Jésus doit porter, subissant l'opprobre et l'humiliation. Dans son ouvrage intitulé *Chrétien de Troyes, le Chevalier de la charrette : essai d'interprétation symbolique*, le professeur d'université Jacques Ribard fait remarquer que si la charrette est l'équivalent de la croix, alors Lancelot devient le chevalier de la Croix. En cela, le professeur rapproche non seulement Lancelot de la figure christique qu'il représente, mais il le confirme aussi dans son rôle de chevalier protecteur de la chrétienté, principale mission de la chevalerie médiévale. Le Pont de l'épée, que Lancelot traverse en se blessant, évoque aussi la crucifixion. Il ressort de cette épreuve douloureuse blessé aux mains et aux pieds, ce qui rappelle les stigmates de Jésus. Enfin, Lancelot vit deux résurrections symboliques : la première lorsqu'il dément la rumeur de sa mort qui avait plongé Guenièvre dans le désespoir, la deuxième lorsqu'il revient à la cour du roi Arthur après son long emprisonnement ;

- **Lancelot est entouré d'une aura mystique**. Chrétien de Troyes fait de lui une incarnation de Jésus-Christ. L'ascendance du chevalier n'est même pas évoquée, la seule famille qu'on lui connait dans le roman est la Dame du Lac, désignée très brièvement. À la lecture du roman, Lancelot semble donc avoir été élevé par une figure maternelle célibataire dont l'image se confond avec la vierge Marie ;
- **Lancelot est un libérateur**. Il finit par libérer les nombreux otages du royaume de Gorre, royaume dont on ne revient jamais. En cela, il se pare des atours du rédempteur, de celui qui libère les âmes ;
- **la quête de Lancelot est une quête qui met sa vertu à l'épreuve**. Au cours de ses aventures, Lancelot doit vaincre :
  - l'orgueil en acceptant de monter dans la charrette, ce qui le couvrira de honte ;
  - la tentation de luxure, en se refusant à la jeune femme qui lui fait des avances ;
  - la peur de laquelle il triomphe en passant l'épreuve du Pont de l'épée ;
  - le désespoir lorsqu'il est enfermé dans la tour.

LES REPRÉSENTATIONS DE LA MORT

Lancelot ou le Chevalier de la charrette est un roman dans lequel le thème de la mort est très présent. Celle-ci est au cœur de la quête de Lancelot.

La quête de Lancelot consiste à aller sauver la reine, prisonnière du royaume de Gorre dont nous avons établi qu'il était une représentation du royaume des morts. En cela, *Lancelot ou le Chevalier de la charrette* rappelle le mythe d'Orphée (poète mythologique qui voyage à travers les enfers pour retrouver sa défunte amante, Eurydice). Le motif de la descente aux enfers, très présent dans la littérature, est une catabase (du grec ancien *Khatàbasis*, « descendre »). Le fait de voyager dans le royaume des morts pour retrouver et en sortir sa bienaimée est un motif que l'on retrouve aussi dans *La Divine Comédie* (composée entre 1307 et 1321) de Dante Alighieri (poète, écrivain et homme politique florentin, 1265-1321) ainsi que dans diverses mythologies (par exemple le mythe japonais des divinités Izanagi et Izanami).

La charrette constitue aussi une représentation de la mort. C'est le moyen de locomotion des condamnés que l'on conduit à l'échafaud. Un parallèle peut être fait avec la barque de Charon, l'honneur remplaçant la pièce en guise de paiement. Lorsque Lancelot et Gauvain arrivent devant la charrette, seul Lancelot monte sur le véhicule. De ce fait, il est celui des deux qui parviendra à rejoindre le royaume de Gorre.

L'exploit de Lancelot dans le cimetière est une autre indication de l'importance de la mort dans le récit. Le chevalier se retrouve face à une tombe qui lui est dédiée et dont il parvient à soulever la dalle, exploit que ne peut accomplir que celui à qui cette tombe est destinée, c'est-à-dire celui qui parviendra à libérer tous les prisonniers du royaume de Gorre. Au cours de cet épisode, qui lie le royaume de

Bademagu à la mort, Lancelot se trouve face à sa propre mortalité, à sa fin inéluctable.

Le royaume de Gorre, dans lequel règnent Bademagu (représentation terrestre de Dieu) et son fils Méléagant (Lucifer) et dont ne peut qu'entrer sans jamais en ressortir, évoque l'au-delà. L'accès au royaume se fait suite à la réussite de deux épreuves presque impossibles à surmonter et potentiellement mortelles puisqu'il faut soit franchir un pont situé sous l'eau, soit un pont constitué d'une épée tranchante. Ce royaume des morts s'oppose à celui de Logres dans lequel règnent Arthur et Guenièvre et qui représente le monde terrestre.

L'AMOUR COURTOIS

Très prisé au Moyen Âge, l'amour courtois, ou fin'amor, est une passion amoureuse entre un chevalier et une dame socialement supérieure et mariée. Celle-ci demande à son amant un dévouement total. Les relations qui lient l'amant à sa bienaimée sont similaires à celles qui existent entre un seigneur et son vassal. En effet, l'amant doit accomplir les moindres désirs de sa dulcinée et lui prouver sa fidélité. Cette relation entre le chevalier et sa dame doit également rester chaste et pure. Ce type d'amour, qui unit Lancelot et Guenièvre, est le fil conducteur de ce roman. En effet, sans l'amour, Lancelot n'aurait pas le courage de poursuivre sa quête. Il y a une notion de mérite, car Lancelot doit gagner, par ses hauts faits, l'amour de Guenièvre. Le fait que cette passion soit par définition secrète et interdite renforce aussi l'aspect dramatique de certaines situations, notamment lorsque la reine doit se retenir d'embrasser son amant lors de son retour à la cour d'Arthur.

Toutefois, Chrétien de Troyes s'écarte quelque peu de la fin'amor dans ce roman. En effet, Lancelot et Guenièvre « consomment » leur amour : leur relation ne reste donc pas platonique.

AMOUR ET HONNEUR

Dans le roman étudié, Lancelot doit choisir entre l'honneur et l'amour : comme l'indique très clairement l'épisode de la charrette, il opte pour l'amour. La quête de Lancelot est Guenièvre. Ainsi, s'il parvient à libérer les prisonniers du pays de Gorre, ce ne sont pas eux qui motivent le chevalier. À contrario, Gauvain et Keu ne peuvent mener à bien leur quête car ils mettent l'honneur au-dessus de toute autre considération. Gauvain refuse de monter dans la charrette tandis que Keu reproche amèrement à Lancelot d'avoir réussi là où lui-même a échoué, ce dont il a honte. Lancelot parvient à retrouver et à libérer la reine car il l'aime et est aimé par elle.

L'amour que le héros porte à Guenièvre est une force qui le pousse à accomplir de nombreux exploits. De plus, quand son nom est enfin donné au vers 3 676, c'est parce que la reine est présente. En son absence, il n'est qu'un chevalier, sans identité ; il ne devient complet que lorsque l'élue de son cœur est présente. La reine, à cet égard, est celle qui octroie ou retire du prix à cet homme. Lancelot existe avant tout pour elle. C'est la reine qui décide s'il est valeureux ou non. Ainsi, elle le transforme en quelqu'un de couard lorsqu'elle lui demande de se ridiculiser au tournoi et en héros quand elle lui ordonne de retrouver sa vaillance. L'amour qu'éprouve Lancelot pour la reine est plein de ferveur, voire d'adoration.

À cet égard, Lancelot choisit de prendre la voie la plus rapide (mais aussi la plus dangereuse) pour la rejoindre (le Pont de l'épée). Lorsque Guenièvre l'accueille avec froideur, l'intrépide chevalier se montre perplexe. Lancelot transforme son amour en religion. Même lorsque Lancelot et Guenièvre consomment leur amour (évènement qui parait être un véritable camouflet infligé au roi Arthur, suzerain de Lancelot), le chevalier montre son adoration et s'incline devant elle.

Guenièvre elle-même accorde une attention particulière à l'amour que lui porte Lancelot. Lors de leurs retrouvailles, elle se montre froide parce que Lancelot a eu un instant d'hésitation avant de se couvrir de honte en montant dans la charrette. La reine impose des épreuves à son amant afin de tester son amour : les passages dans lesquels elle lui demande de faire preuve de défaut de vaillance au cours du tournoi peuvent être interprétés comme le faire pour Guenièvre de vérifier qu'elle est bien la première des priorités de Lancelot.

Lancelot ou le Chevalier de la charrette apparait ainsi comme une quête amoureuse pour Lancelot, une lutte entre l'homme guidé par son désir et le chevalier guidé par son devoir : l'amour et l'honneur s'opposent. Même si le roman semble indiquer que l'amour prévaut, celui-ci se doit de rester caché : Guenièvre est obligée de dissimuler ses élans, à la fin du récit, quand Lancelot revient à la cour d'Arthur après son enfermement dans la tour de Méléagant. Aujourd'hui, Lancelot est le chevalier le plus connu du cycle arthurien. Est-ce dû au fait que sa quête est principalement de nature amoureuse ou à la construction du récit qui met ce chevalier en valeur ? Quoi qu'il en soit, sa popularité n'a fait que s'accroitre. Ainsi, au XIIIe siècle, un *Lancelot* en prose est rédigé par un ou plusieurs auteurs anonymes, approfondissant le personnage, tandis qu'un roman nommé *Lanzelet* est composé par Ulrich von Zatzikhoven (écrivain allemand des environs du XIIe siècle) vers 1200. De nos jours, Lancelot incarne à lui seul la chevalerie.

PISTES DE RÉFLEXION

QUELQUES QUESTIONS POUR APPROFONDIR SA RÉFLEXION...

- De quelle façon la jeune fille accueille-t-elle Lancelot et Gauvain dans son château lors du premier épisode ? Que peut-on en déduire de l'hospitalité au Moyen Âge ?
- D'après ce roman, comment qualifieriez-vous l'image de la femme au Moyen Âge ? Développez votre réponse.
- Comparez la structure de *Lancelot ou le Chevalier de la charrette* avec celle de *Perceval ou le Conte du Graal* et avec celle d'*Yvain ou le Chevalier au lion*. Quelles différences constatez-vous ?
- À partir des différents duels qui jalonnent ce roman, expliquez la notion d'honneur au Moyen Âge.
- Relevez dans le texte les différents évènements et moments qui caractérisent l'amour courtois.
- À partir des éléments merveilleux présents dans *Lancelot ou le Chevalier de la charrette*, que pouvez-vous dire à propos des légendes celtiques ?
- La notion d'intimité existait-elle au Moyen Âge ? Argumentez en vous aidant de passages du texte.
- Que pensez-vous du rôle du roi Arthur dans le roman ?
- Cette œuvre est l'un des premiers romans de la littérature française. Y retrouve-t-on déjà certaines caractéristiques, certains « ingrédients » des œuvres des grands romanciers du XIXe siècle tels qu'Honoré de Balzac (écrivain français, 1799-1850), Émile Zola (écrivain français, 1840-1902) ou encore de Marcel Proust (écrivain français, 1871-1922) ?

- L'univers des chevaliers du roi Arthur connait encore aujourd'hui un grand succès comme en témoignent les nombreux films construits autour de cette thématique. À quoi attribuez-vous cet engouement pour la matière de Bretagne ?

POUR ALLER PLUS LOIN

ÉDITION DE RÉFÉRENCE

- TROYES C. DE, *Lancelot ou le Chevalier de la charrette*, édition présentée, annotée et commentée par É. Amon, traduction de J.-J. Vincensini, Paris, Larousse, coll. « Petits classiques Larousse », 2009, 141 p.

ÉTUDES DE RÉFÉRENCE

- GALLIEN S., *La conception sentimentale chez Chrétien de Troyes*, Paris, A. G Nizet, 1975.
- RIBARD J., *Chrétien de Troyes, le Chevalier de la Charrette : essai d'interprétation symbolique*, Paris, A. G Nizet, 1991.

ADAPTATIONS

- *First Knight*, film de Jerry Zucker avec Richard Gere et Sean Connery, États-Unis, 1994.
- *Kaamelott*, série télévisée d'Alexandre Astier avec Alexandre Astier, Lionnel Astier et Thomas Cousseau, France, 2004.

SUR LEPETITLITTÉRAIRE.FR

- Fiche de lecture sur *Érec et Énide* de Chrétien de Troyes.
- Fiche de lecture sur *Perceval ou le Roman du Graal* de Chrétien de Troyes.
- Fiche de lecture sur *Yvain ou le Chevalier au lion* de Chrétien de Troyes.

- Questionnaire de lecture sur *Yvain ou le Chevalier au lion.*

- 30 -

Retrouvez notre offre complète sur lePetitLittéraire.fr

- des fiches de lectures
- des commentaires littéraires
- des questionnaires de lecture
- des résumés

ANOUILH
- Antigone

AUSTEN
- Orgueil et Préjugés

BALZAC
- Eugénie Grandet
- Le Père Goriot
- Illusions perdues

BARJAVEL
- La Nuit des temps

BEAUMARCHAIS
- Le Mariage de Figaro

BECKETT
- En attendant Godot

BRETON
- Nadja

CAMUS
- La Peste
- Les Justes
- L'Étranger

CARRÈRE
- Limonov

CÉLINE
- Voyage au bout de la nuit

CERVANTÈS
- Don Quichotte de la Manche

CHATEAUBRIAND
- Mémoires d'outre-tombe

CHODERLOS DE LACLOS
- Les Liaisons dangereuses

CHRÉTIEN DE TROYES
- Yvain ou le Chevalier au lion

CHRISTIE
- Dix Petits Nègres

CLAUDEL
- La Petite Fille de Monsieur Linh
- Le Rapport de Brodeck

COELHO
- L'Alchimiste

CONAN DOYLE
- Le Chien des Baskerville

DAI SIJIE
- Balzac et la Petite Tailleuse chinoise

DE GAULLE
- Mémoires de guerre III. Le Salut. 1944-1946

DE VIGAN
- No et moi

DICKER
- La Vérité sur l'affaire Harry Quebert

DIDEROT
- Supplément au Voyage de Bougainville

DUMAS
• Les Trois
  Mousquetaires

ÉNARD
• Parlez-leur
  de batailles,
  de rois et
  d'éléphants

FERRARI
• Le Sermon sur la
  chute de Rome

FLAUBERT
• Madame Bovary

FRANK
• Journal
  d'Anne Frank

FRED VARGAS
• Pars vite et
  reviens tard

GARY
• La Vie devant soi

GAUDÉ
• La Mort du
  roi Tsongor
• Le Soleil des
  Scorta

GAUTIER
• La Morte
  amoureuse
• Le Capitaine
  Fracasse

GAVALDA
• 35 kilos d'espoir

GIDE
• Les
  Faux-Monnayeurs

GIONO
• Le Grand
  Troupeau
• Le Hussard
  sur le toit

GIRAUDOUX
• La guerre de
  Troie
  n'aura pas lieu

GOLDING
• Sa Majesté des
  Mouches

GRIMBERT
• Un secret

HEMINGWAY
• Le Vieil Homme
  et la Mer

HESSEL
• Indignez-vous !

HOMÈRE
• L'Odyssée

HUGO
• Le Dernier Jour
  d'un condamné
• Les Misérables
• Notre-Dame
  de Paris

HUXLEY
• Le Meilleur
  des mondes

IONESCO
• Rhinocéros
• La Cantatrice
  chauve

JARY
• Ubu roi

JENNI
• L'Art français
  de la guerre

JOFFO
• Un sac de billes

KAFKA
• La Métamorphose

KEROUAC
• Sur la route

KESSEL
• Le Lion

LARSSON
• Millenium I. Les
  hommes qui
  n'aimaient pas
  les femmes

LE CLÉZIO
• Mondo

LEVI
• Si c'est un
  homme

LEVY
• Et si c'était vrai…

MAALOUF
• Léon l'Africain

MALRAUX
- La Condition humaine

MARIVAUX
- La Double Inconstance
- Le Jeu de l'amour et du hasard

MARTINEZ
- Du domaine des murmures

MAUPASSANT
- Boule de suif
- Le Horla
- Une vie

MAURIAC
- Le Nœud de vipères

MAURIAC
- Le Sagouin

MÉRIMÉE
- Tamango
- Colomba

MERLE
- La mort est mon métier

MOLIÈRE
- Le Misanthrope
- L'Avare
- Le Bourgeois gentilhomme

MONTAIGNE
- Essais

MORPURGO
- Le Roi Arthur

MUSSET
- Lorenzaccio

MUSSO
- Que serais-je sans toi ?

NOTHOMB
- Stupeur et Tremblements

ORWELL
- La Ferme des animaux
- 1984

PAGNOL
- La Gloire de mon père

PANCOL
- Les Yeux jaunes des crocodiles

PASCAL
- Pensées

PENNAC
- Au bonheur des ogres

POE
- La Chute de la maison Usher

PROUST
- Du côté de chez Swann

QUENEAU
- Zazie dans le métro

QUIGNARD
- Tous les matins du monde

RABELAIS
- Gargantua

RACINE
- Andromaque
- Britannicus
- Phèdre

ROUSSEAU
- Confessions

ROSTAND
- Cyrano de Bergerac

ROWLING
- Harry Potter à l'école des sorciers

SAINT-EXUPÉRY
- Le Petit Prince
- Vol de nuit

SARTRE
- Huis clos
- La Nausée
- Les Mouches

SCHLINK
- Le Liseur

SCHMITT
- La Part de l'autre
- Oscar et la Dame rose

SEPULVEDA
- Le Vieux qui lisait des romans d'amour

SHAKESPEARE
- Roméo et Juliette

SIMENON
- Le Chien jaune

STEEMAN
- L'Assassin habite au 21

STEINBECK
- Des souris et des hommes

STENDHAL
- Le Rouge et le Noir

STEVENSON
- L'Île au trésor

SÜSKIND
- Le Parfum

TOLSTOÏ
- Anna Karénine

TOURNIER
- Vendredi ou la Vie sauvage

TOUSSAINT
- Fuir

UHLMAN
- L'Ami retrouvé

VERNE
- Le Tour du monde en 80 jours
- Vingt mille lieues sous les mers
- Voyage au centre de la terre

VIAN
- L'Écume des jours

VOLTAIRE
- Candide

WELLS
- La Guerre des mondes

YOURCENAR
- Mémoires d'Hadrien

ZOLA
- Au bonheur des dames
- L'Assommoir
- Germinal

ZWEIG
- Le Joueur d'échecs

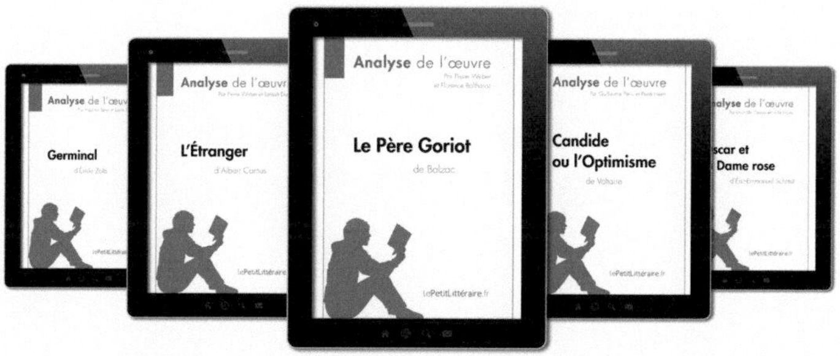

www.lepetitlitteraire.fr

ISBN version numérique : 978-2-8062-1983-1
ISBN version papier : 978-2-8062-1128-6
Dépôt légal : D/2013/12603/508

Avec la collaboration de Nasim Hamou pour l'étude
du personnage de Gauvain ainsi que pour les chapitres
« Lancelot, une figure christique », « Les représentations de
la mort » et « Amour et honneur ».

Conception numérique : Primento,
le partenaire numérique des éditeurs.

Ce titre a été réalisé avec le soutien de la Fédération
Wallonie-Bruxelles, Service général des Lettres et du Livre.